U0594675

小学生语文经典阅读丛书

名师推荐 | 经典优选 | 自主阅读 | 美绘插图

红脖子

〔加〕西顿◎著　弘毅◎主编

读者出版传媒股份有限公司
甘肃少年儿童出版社

图书在版编目（CIP）数据

红脖子 ／（加）西顿著；弘毅主编 . -- 兰州：甘肃少年儿童出版社，2016.9

（小布头丛书）

ISBN 978-7-5422-4131-3

Ⅰ．①红… Ⅱ．①西… ②弘… Ⅲ．①儿童小说—中篇小说—加拿大—现代 Ⅳ．①I711.84

中国版本图书馆CIP数据核字(2016)第209627号

书　　名	红脖子
作　　者	（加）西顿 著 ／ 弘毅 主编
出版发行	甘肃少年儿童出版社
地　　址	兰州市读者大道568号（电话：0931—8773255）
出 版 人	王永生
总 策 划	王光辉　朱满良
项目执行	段山英　杨万玉
责任编辑	郑　屹
特邀统稿	王佩丽
封面设计	刘　晓
印　　刷	北京彩虹伟业印刷有限公司
出版日期	2016年9月第1版　2016年9月第1次印刷
开　　本	880毫米×1230毫米 1/32
印　　张	3
书　　号	ISBN 978-7-5422-4131-3
定　　价	16.00元

目 录
CONTENTS

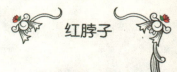

红脖子

快来扫二维码听故事吧!

第一章

来到这个世界的第一天

在辽阔的唐谷山中,生活着一群美丽的松鸡。刚当上妈妈的松鸡带着她的孩子们从郁郁葱葱的泰勒丘陵中走出来,向一条小溪走去。这条小溪如水晶般清澈透明,但人们却给它起了一个与它的外表截然不同的名字——烂泥沼,人类的想法可真是奇怪!

这些小松鸡出生只有一天,可是已经能够一步一步迈着蹒跚的步伐跟在妈妈身后去小溪边喝水了。松鸡妈妈还是头一回带孩

子们去喝水，森林里危机四伏，她必须打起十二分精神警惕随时出现的危险。她俯着身子，放慢脚步，一边小心翼翼地打量四周，一边从喉咙里发出温柔而细小的咕咕声，招呼小家伙们跟上来。这些毛茸茸的带着斑点花纹的圆球儿迈开它们粉红色的小腿儿，跌跌撞撞地跟了上来。这些柔弱的小家伙，不过是被落下了一小段距离，就害怕得哼唧起来。当然，它们也实在是太弱小了，连小山雀都比它们健壮、凶猛。松鸡妈妈一面细心地照料着它的12个小宝贝，一面还要留神所有的灌木丛、草丛、树林和天空，提防着不速之客。没办法，在这片森

林里，敌人总是更多一些。

松鸡妈妈很快发现远处草地上有一只凶恶的大狐狸正朝这个方向走来。要不了多大工夫，它就会闻出"猎物"的气味，并且会循着气味发现它们的踪迹。

必须马上躲起来！"咕咯咯，咕咯咯！"松鸡妈妈从喉咙里发出低沉的声音向孩子们警示。还没有橡树果实大的小松鸡们听到妈妈的警告立刻四处散开，分头躲了起来。它们有的藏在树叶下，有的躲进草根间，还有的则爬进了卷着的桦树树皮里，或者缩在一个小洞里。大家都找到了隐蔽的地方，只有一只小松鸡找不到藏身之地，正急得团团转，最后只好把身体紧紧地贴在一块黄色木片上，还闭上了眼睛。它

书海拾贝

母爱就是这么
伟大，为了保
护自己的孩
子，松鸡妈妈
决定拿自己当
靶子去引诱
狐狸。

还以为自己的眼睛看不见，就不会被发现呢。

　　小家伙们害怕极了，谁也不敢发出声音，四周一片寂静。而这时，勇敢的松鸡妈妈为了保护孩子们，直直向那只可恶的狐狸飞去，并在离狐狸两三米远的地方大胆地飞了下来。它假装在地上摔了一跤，然后又扑棱着翅膀往前冲，佯装翅膀受伤的样子，腿也像跛了似的。哦，多么可怜的样子啊！难道它是在哀求凶残的狐狸大发慈悲吗？哈哈，怎么可能？松鸡妈妈可不是傻瓜，她可聪明着呢，即使狐狸再狡猾，碰到松鸡妈妈也会被耍得团团转！

　　饿得头昏眼花的狐狸眼看天上掉下馅饼正欣喜若狂，它垂涎地盯着眼前突然出现的松鸡妈妈，猛得转身扑了过去，满以为会逮住这只松鸡，可它却扑了个空！原来松鸡妈妈趁它扑过来的当口，就出其不意地拍着翅膀飞出了一大截。狐狸十分懊恼，又一个纵步扑了上去。这一回准能逮住了吧？哈

哈，不料又有一棵小树阻挡了它的攻势，它仍旧扑了个空，松鸡妈妈则貌似摇摇晃晃地从一根树桩子底下钻过去了。这下狐狸可发怒了，它发出可怕的吼声，朝松鸡扑过去。可是，松鸡妈妈似乎腿好了一点，又纵身一跳，滚到了山坡下面。狐狸拼命地追着松鸡跑，只差一点点就能抓到松鸡的尾巴了，可是奇怪得很，松鸡好像总能比它快那么一丁点。这可真是稀奇，一只健壮的狐狸竟然死活追不上一只受了伤的松鸡，说出去真是让人笑掉大牙啊！筋疲力尽的狐狸又拼尽力气追上去，它们一个逃一个追，不知不觉离泰勒山丘越来越远了。这时候，松鸡妈妈突然变得精神抖擞，翅膀也灵活了，腿也不拐了，它飞到半空中，像是在嘲笑狐狸似的，神气地拍拍翅膀飞走了。而狐狸愣在那

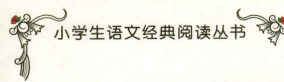

里，好久才反应过来自己被松鸡耍了一把。更糟糕的是，它发现自己上这种鬼把戏的当已经不止一次了！虽然它无论如何也想不明白松鸡为什么要这么做。

书海拾贝

刚出生的小松鸡不能独自应对危险，但都很听妈妈的话，安静地躲着。

松鸡妈妈兜了个大圈子飞回到树林里，凭借自己敏锐的观察力和记忆力找到了孩子们的藏身地点。谢天谢地，小松鸡们还安静地躲在这里，一动也不敢动，就连妈妈的到来也没有让小家伙们有任何动静，藏在黄色木片上的那只小松鸡也仍然屏着气息，紧闭着眼睛。松鸡妈妈对孩子们的表现又欣喜又欣慰，赶紧呼唤着孩子们出来。

随着松鸡妈妈的呼唤，小家伙们一个个从隐蔽处钻了出来，依偎到妈妈身边。伏在木片上的那个小家伙是小松鸡当中最大的，它听到妈妈的叫声连忙睁开了圆圆的眼睛，一面亲昵地"叽叽叽叽"地小声叫着，一面钻到松鸡妈妈的宽尾巴底下。小松鸡的叫声，敌人离得一米远都听不到，但松鸡妈妈在三米远的地方也能听得清清楚楚。现在，所有小绒球们都聚在了妈妈身边，它们兴奋地叽叽喳喳个不停，脱离了危险，它们显得格外高兴。

　　此时烈日当头,而要到小溪那边去,必须得穿过一条没有树木草丛的小路。松鸡妈妈仔细查探了周围环境,看到没有敌人,才张开扇子似的尾巴为小松鸡们遮住炙热的阳光,慢慢带它们来到溪边。

　　溪边的草地上开满了蔷薇花,色彩缤纷,十分美丽。小松鸡们都陶醉在美景中,冷不防被树丛里窜出来的一只灰兔子吓了一大跳。松鸡妈妈赶忙告诉孩子们:"孩子们别怕,这只白尾巴灰兔子是我们老朋友啦,不会伤害我们的。瞧,它的尾巴像

不像一面白色旗子？"小松鸡们这才松了一口气。

而现在，小家伙们已经顾不上别的了，因为清凉的溪水就在眼前了，但它们还没学会如何喝到甜美的溪水，它们开始模仿着妈妈的姿势，纷纷低下头张开小嘴吸水，不一会儿就学会了。小松鸡们沿着溪边排成一排，喝得津津有味。金黄色的毛茸茸的小脑袋晃晃点点，还学着妈妈的样子向小溪煞有介事地唧唧道谢。

喝完水，歇息了一会儿，松鸡妈妈又带着孩子们穿过草丛，走到远远的草地那边去。那里有一个绿茵茵的大圆包。松鸡妈妈很早就注意到这个地方了。松鸡妈妈想养育它的孩子，就得找很多这样的地方，这是为什么呢？因为这种大圆包里就是蚂蚁窝，里面的蚁卵对小松鸡来说可是很美味的食物呢。松鸡妈妈爬到大圆包上，四处溜达了一圈，然后抬起爪子在圆包上使劲扒了几下，碎泥就稀里哗啦地往下掉，土堆的蚁窝很快松垮了，露出一个大洞。成群的蚂蚁争相往外爬，有的推推撞撞，有的则没头没脑地在周围钻来钻去，还有的开始搬运那些白白胖胖的蚁卵。

小松鸡喝水的样子真是可爱，这里的描写很有画面感，给了小读者想象的空间。

松鸡妈妈啄起一颗白白的蚁卵，喉咙里不停地发出咕噜咕噜的声音，然后把蚁卵丢在地上，再啄起来，这样做了三四遍才一口把蚁卵吞掉。一只小松鸡在旁边看了半天，这会儿也学着妈妈的样子啄起一颗蚁卵，又丢到地上，三番四次重复这个动作后才把它吞到肚子里。其他小家伙也有样学样，很快就学会了品尝美味，当然，对小松鸡们来说"饭前仪式"好像更重要。

小松鸡们纷纷争抢美味可口的蚁卵，十二只小松鸡都吃得兴高采烈，松鸡妈妈则把大土包扒了又扒，找出更多的蚁窝，让窝里的蚁卵统

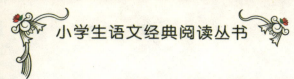

统掉出来。最后，每一只小松鸡都撑得七倒八歪，吃得肚皮鼓鼓的才肯罢休。饱餐之后，松鸡妈妈又带着孩子们顺着溪流往上游走。那里有一座堆满了沙袋的堤坝，大片的黑莓丛遮住了整片地方。对小松鸡们来说，这里是个舒服的游戏天堂，因为这儿的沙土松松软软，它们十分喜欢，玩得不亦乐乎。小家伙们让凉凉的细沙从它们热呼呼的脚趾缝中滑落过去，还学着妈妈的样子在沙土里打滚儿，细细的小腿踢来踢去，还不时拍拍翅膀。不过它们这会儿可没有长出强壮有力的翅膀呢，它们现在的翅膀充其量只是从身体两边的细细茸毛当中长出的小肉片。

夜晚很快降临，松鸡妈妈带着孩子们来到附近的干草丛，准备在那里过夜。松鸡妈妈选的地点十分巧妙，那里散落着许多又干又脆的落叶和干草，一旦有敌人靠近就会发出窸窸窣窣的声音；头顶上又有枝藤交错的树丛覆盖着，它们待在那里可以躲避所有的空中敌人，再没有比这儿更安全的休憩场所了。

松鸡妈妈让小绒球们躺在它身边安睡，自己则

书海拾贝

松鸡妈妈是很聪明的，它为孩子们选择了相对安全的栖息地。

在一旁守护。它看着孩子们蜷着小小的身子贴在
自己身边睡得香甜，有的在睡梦中还唧唧叫着，内
心满是作为母亲的骄傲和喜悦。

快来扫二维码听故事吧！

第二章

生存法则之要听妈妈的话

　　小松鸡们出生只有三天，已经长得更强壮了，它们可以直接跨过橡树果实，而不用绕道走，也能够毫不吃力地爬过松果。在它们身上将会长出翅膀的地方，已经长出了好几根羽毛了，隐约布满了细小的血管。又过了两天，小松鸡们果然已经长出了翅膀，又过了一天，翅膀上的羽毛也变得丰满了一些。再有一个星期，小家伙们的翅膀上就会覆满结实的羽毛，到那时，每一只小松鸡就可以飞

14

了。一位好妈妈、一对强壮的翅膀、几种可靠的求生本能和一点初生的理智，开启了它们生存的开端。

当然，并不是每个小家伙都如此幸运，它们当中最小的那只名叫伦迪的松鸡从出生时就体弱多病，不像其他兄弟那么活泼爱动。它刚从壳里钻出来的那几个钟头身上还一直顶着半枚蛋壳。

一天夜里，一只臭鼬来偷袭它们，松鸡妈妈赶紧发出警告："咕咯咯，咕咯咯！"妈妈的警告让小松鸡们都奋力振翅飞起来，它们躲过了一劫，除了可怜的小伦迪。等到松鸡妈妈在长满松树的小山上把小松鸡们聚集在一起的时候，才发现伦迪没有跟上来。多么令人悲伤啊，以后在这片森林里再也看不见它的踪影了。

经历过这次不幸后，松鸡妈妈开始

书海拾贝

松鸡妈妈拥有丰富的生活经验，掌握了很多生存技巧，它把这些都教给了小松鸡们，这也是小松鸡活下来必备的技能。

随时随地地训练小松鸡们。小松鸡们从妈妈身上学到了不少东西。它们最爱的食物是蚱蜢，现在它们知道小溪旁边的杂草丛中蚱蜢最多，醋栗树丛里也有美味的点心，那些光溜溜、绿油油的小虫子是非常肥美的食物。它们也知道，远处树林边上的大圆包藏着许多蚂蚁窝，那可是一座丰富的粮食库。它们还知道，漂亮的草莓虽然不是小虫，可是比小虫更美味可口；蝴蝶美味又没有危险，捉大蝴蝶是一个十分有趣的游戏，只是不容易捉到罢了；而一块从腐烂的树桩子上剥落下来的树皮里，藏着许多新鲜可口的好东西。当然，它们也懂得了一个道理，那就是假如遇上蜇人的黄蜂、浑身是刺的毛毛虫和长着很多条腿的蜈蚣，最好还是离它们远一点，否则吃苦头的可是自己。

现在到了七月，正是草莓这样的甜美浆果成熟的季节。小松鸡们在这一个月里长得出奇的快，身体也强壮多了。现在的它们大得连妈妈的翅膀都快遮盖不住了，如果松鸡妈妈要想守护它们休息，就得张着翅膀一直站到天亮。

小家伙们迷上了玩沙土，到沙地上玩耍已经成了它们每天的"必修课"，那里也成了它们的乐园。但最近成袋的沙土都被移到了高处的山冈上，小松鸡们也把游戏场所转移到了这里。松鸡妈妈并不赞成孩子们到那里去，因为有很多鸟类也都挤到这里来玩耍，它觉得这儿并不那么安全，也不太干净。但小松鸡们一直贪恋着那里细软舒适的沙土，松鸡妈妈看孩子们玩得那样高兴，只好随它们去了。

但这样过了两个星期，小家伙们竟然变得萎靡不振，松鸡妈妈也觉得浑身不舒服。它们老是感到肚子饿，食量变得很大，但却逐渐消瘦下来。小松鸡们全都病倒了,松鸡妈妈的病也十分严重。这种病来势汹汹,松鸡妈妈总是感到极度的饥饿,头痛得厉害,浑身发热,一点力气都没有。怎么会突然得病了呢?松鸡妈妈百思不得其解。她当然不会知道,罪魁祸首就是它们每天接触的沙土。原来,那是不知从哪里运过来的旧沙袋里的沙土,里面藏着数不清的寄生虫,它们每天在沙土里玩耍,不知不觉就吃下了寄生虫,才染上了疾病。

动物都具有一种原始的求生本能,那是它们的天性,而受它的驱使,动物们会去寻找它们迫切需要的东西。松鸡妈妈并不知道要如何治疗疾病,它只是顺从了天性的驱使去做各种尝试。它满怀热切地去寻找,但找的究竟是什么东西,连它自己也不知道。它遇到看上去能吃的东西,都要试一试。

松鸡妈妈带着孩子们四处寻觅,终于来到了最凉爽的森林深

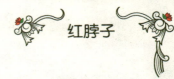

处。它在森林里发现了一棵漆树,上面结满了有毒的果子。要是一个月以前孩子们活泼健康,松鸡妈妈对它躲还来不及呢!但现在,松鸡妈妈竟不顾一切地去尝那些可怕的果子。那果子的汁液又苦又辣,但松鸡妈妈吃了后竟全身舒畅起来。它吃了很多,并让孩子们也吃起来。

不管人类的医术多么高明,大概也不可能发明比这更美妙的药物了。原来,这种果子是一种天然的毒性泻药,松鸡们吃了之后就可以将体内的寄生虫排出去,潜藏在体内的敌人都被消灭了,松鸡一家终于安然度过了危险期。但并不是所有的松鸡都这样——它们当中两只最虚弱的被无情的自然规律摈弃了。它们被寄生虫折磨得虚弱无比,又扛不住那果子猛烈的毒性,即使它们在小溪旁边不停地喝水

也无济于事。

第二天早晨，松鸡妈妈悲伤地发现它俩动也不动，身体已经冰冷了。

正是这两只死去的松鸡，无意中却造成了一次奇妙的报复：一只臭鼬发现了松鸡兄弟的尸体，就狼吞虎咽地吃掉了它们，结果被松鸡体内残留的毒果子毒死了。巧合的是，这只臭鼬就是以前吃掉伦迪——它们最弱小的兄弟的坏蛋。

现在，松鸡妈妈只剩下九个孩子了，它让孩子们跟在它身后，寸步不离地守护着。而这时候，这九只小松鸡各自的特点就显现出来了。它们有的笨拙，有的懒惰，也有的聪明活泼，松鸡妈妈为了照顾它们费尽了心神。

而在这些松鸡中，妈妈最喜爱那只最大的——

书海拾贝

真是善有善报，恶有恶报。臭鼬也是死有余辜。

就是从前找不到地方躲藏而伏在黄色的薄木片上隐蔽过的那一只。现在它在小松鸡当中体格最大、身体最结实、长得最漂亮，也很聪明，而它最大的优点是很听话。

松鸡妈妈经常发出危险警告信号，但总挡不住其他小松鸡靠近危险，或者去吃可疑的食物。最大的那只松鸡却谨记妈妈的话，只要妈妈发出"喀维特"的警告，它就会服从命令，躲开危险。这个优点给它带来了相应的回报：它是附近一带所有松鸡中活得最久的一只。

八月很快来到了，这是小松鸡们的换毛季节。等到八月过去，小松鸡们已经长得更大，快要赶上它们的妈妈了。它们幼小的时候在地面上睡觉，还需要妈妈保护；现在它们长大了，就在妈妈的带领下开始体验大松鸡

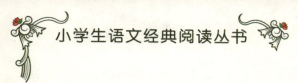

的生活方式——在树上睡觉了。因为这个季节，年幼的黄鼠狼、狐狸、臭鼬和小貂开始在地面上追逐嬉戏，地面上的危险，一夜比一夜多起来，睡在树枝上会相对安全些。

现在，等太阳一落山，松鸡妈妈就呼唤孩子们飞到枝叶茂密的树上去休息。但有一只固执的小松鸡不肯听妈妈的话飞到树上休息，仍要赖在草丛里睡觉。当天夜里，什么都没有发生，可第二天晚上它就出事了。半夜，其他小松鸡被它的叫声吵醒，还听到一阵轻微的扭打声，半晌又恢复了寂静。接着，一阵嘎吱嘎吱啃骨头的声音和吧嗒吧嗒的咂嘴声在沉寂的夜里响起。小松鸡们吓得瑟瑟发抖，它们瞪着眼朝下面可怕的黑暗中望去，原来是一只凶狠的臭貂吃掉了它们的兄弟。

现在，松鸡妈

妈只剩八个孩子了，它们每天晚上都排成排在树枝上睡觉，松鸡妈妈在最中间。几只胆小的家伙还经常抬起冰凉的爪子伏到妈妈的背上。

日子一天天过去，松鸡妈妈继续训练它们。它们现在正在努力学习发出振翅的声音。为了躲避危险，松鸡是可以毫无声息地起飞的，可是有时候发出振翅的声音也非常重要，因为那样可以向同伴发出警告。所以松鸡妈妈要教所有的松鸡应该在什么时候怎么样把翅膀拍得噼噼啪啪地飞起来。

能够发出振翅的声音有很多好处：危险来临的时候，可以向附近其他的松鸡发出警告，通知同伴提高警觉；有时候也可以吓唬那些可恶的猎人；还可以吸引敌人的注意，让同伴趁机逃走，然后这

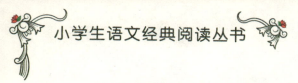
只勇敢的松鸡再一声不响地伏下身来，躲开敌人的视线。

松鸡家族流传着一句古老的谚语："每月有每月的敌人和食物。"到了九月，种子和谷粒就代替浆果和蚁卵成为它们寻觅的食物，而这时它们的敌人也不再是臭鼬和貂，而是更可怕的猎人。

小松鸡们都知道狐狸长什么样儿，但猎犬，它们可从来没有见过。如果遇到狐狸，逃跑轻松得很，只要飞到树枝上就万无一失。可是一到九月，

虽然狩猎的季节还没开始，猎人老科迪就带着那只短尾巴的黄色猎犬在山谷里搜寻。

松鸡妈妈一看到猎犬的身影，立刻发出很大的声音警告，让大家赶快飞走。但是有两只自以为是的小松鸡却以为那短尾巴的黄色家伙是狐狸呢！它们对妈妈的示警不以为意，还嫌妈妈大惊小怪呢！

"妈妈实在太胆小了，看到狐狸就那么慌张，我才不怕呢，让它瞧瞧我有多勇敢！"

这两只小松鸡飞上树枝，故意不肯离开。松鸡妈妈急得不停地叫："喀维特，喀维特！"并示范给它们看，一声不响地迅速飞了开去。两只小松鸡还是无动于衷，它们正得意扬扬地炫耀它们的英勇气概呢！

这时候，那只古怪的短尾巴家伙已经来到了树下，冲着它们汪汪直

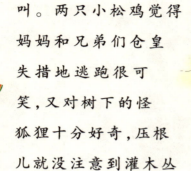

书海拾贝

听妈妈的话是多么重要，毕竟妈妈经历的事更多，经验更丰富。

叫。两只小松鸡觉得妈妈和兄弟们仓皇失措地逃跑很可笑，又对树下的怪狐狸十分好奇，压根儿就没注意到灌木丛里窸窸窣窣的声音。就在那时，砰砰两声枪响，那两只松鸡浑身血淋淋的从树枝上摔了下来，被猎犬叼走，送到猎人手里。

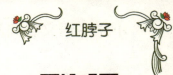

红脖子

第三章

快来扫二维码听故事吧!

生存法则之小心猎人

这个老猎人名叫科迪，住在唐河附近的一间小破屋里。他没有财产，除了几件破家具就没有其他家业了。这个老头一天到晚游手好闲，一年里绝大部分时间都是在随心所欲的户外生活中度过的。他自诩为真正的猎人，总是爱自吹自擂自己的枪法很准，百发百中，还常向人讲："一看到被我打中的

猎物在血泊中挣扎，我这心里就觉得满足！"邻居们都很讨厌他，背地里叫他侵占公物的讨厌鬼。因为他一年到头都在捕猎，不分季节地到处布陷阱。他还常常炫耀道："你们知道吗？就算我把日历搞错了，只要我吃一口松鸡的肉，我也能从口感上判断出现在是几月来。"或许他的经验的确够老到，但这也变相证明了他的做法是不合规矩的。因为按照法律的规定，捕杀松鸡的季节是从九月十五日开始的。老科迪从来没有遵循过法律的约束，依旧我行我素，但总是狡猾地躲过了处罚，他甚至还设法让自己以一个有趣的形象出现在一家报纸上。

书海拾贝

无规矩不成方圆，我们每个在社会上生存的人都应该遵纪守法，不能向老科迪学习。

老科迪把打死的两只松鸡往口袋里一装，便回到了他破旧的小屋去。而松鸡妈妈则带着其余的六个孩子悄悄飞走，逃过了一劫。这个教训给小家伙们又上了一堂课：猎犬和狐狸是大大不同的，一定得小心提防！还是

老话说得好："不听老人言，吃亏在眼前！"

九月剩余的日子里，松鸡们是在避开猎人和老对头的过程中度过的。它们仍然栖息在细长的树枝上，躲在茂密的树叶中。这样既可以使它们躲开地面上的敌人，又保护它们不被空中的敌人发现。而树狸虽然会爬树，但它爬树的动静很大，总能被松鸡们及时发现。

但很快就到了树叶飘落的季节。还记得松鸡家族的名言吗？每月有不同的敌人，也有不同的食物。现在正是猫头鹰猖獗的季节。猫头鹰会在这个季节从北方飞来，所以现在森林里的猫头鹰数量是以前的三四倍。

　　天气一天天地冷起来，松鸡妈妈带着孩子们把家搬到了树上去。这种树即使在冬天叶子也不会掉光。但有一只小松鸡不肯听话，依然赖在原来栖息的树枝上不肯走。那树枝光秃秃的，叶子都落光了，根本无法藏身。于是，还不到天亮，那只任性的小松鸡就被一只硕大的黄眼睛猫头鹰叼走了。

　　现在只剩下五只小家伙和松鸡妈妈相依为命了，它们现在的个头儿已经长得和妈妈一般大了，尤其是曾经贴在木片上隐蔽过的那只，比松鸡妈妈

还要高大。它们的脖子上已经长出了颈毛，虽然只长了一点点，但还是让小松鸡们十分骄傲，等到羽翼丰满之时，它们将会是多么漂亮！小松鸡们欢欣雀跃，对未来充满了期待。

松鸡的颈毛是它们全身最漂亮、最值得骄傲的地方，和孔雀可以开屏的尾巴一样引以为荣。母松鸡脖子上的毛是黑色的，泛着一层淡绿色的光彩；雄松鸡的颈毛则更密更有光泽。而那只曾经藏在木片下的、一直非常听话的小家伙已经成长得颇为高大健壮，它的颈毛不仅特别浓密，显出一种深红色，上面还映着金黄色、绿色和紫色，就像彩虹一样光彩夺目——它就是唐谷山里远近闻名、大名鼎鼎的松鸡红脖子。

本书的主人公红脖子长大了，它的故事马上就要开始了。

快来扫二维码听故事吧!

第四章

疯狂可怕的"家族病"

十月里的一天,松鸡一家饱餐后便蹲在松树桩上晒太阳,突然远处传来"砰"的一声枪响。红脖子听到这声枪响后内心涌起一种冲动,它勇敢地跳到树桩子上,昂首挺胸地来回踱步,还神气地跳上跳下好几次。在这个明朗清爽的天气里,红脖子耀武扬威地拍动着它的翅膀,做出一副和枪声示威的样子。接着,它像一匹精力充沛的小马驹一样做出一副更加勇猛的样子,并使劲振动着翅膀,发出呼呼的响声。它尽情地展现着它的力量,不断地振动着翅膀,不久竟发出了像击鼓一样"咚咚"的声音。红脖子发现自己拥有了这种新的力量,高兴得不得了,不停地扇动着翅膀,"咚咚"的声音回荡在树林里。红脖子的兄弟们见证了这个神圣的时刻,都又惊又喜地望着它,眼神中充满了赞叹和敬畏,连

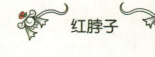

它的妈妈也不例外。从此，红脖子迈上了它全新的历程。

当天气逐渐转冷的时候，恐怖伴随着十一月悄然来临。这种恐怖可不是森林里的敌人，而是肉眼看不见的。那是一种奇怪的自然规律，所有的松鸡会在出生后的第一个十一月里染上一种疯狂可怕的疾病。它们会产生一种原始的冲动力量，想要拼命地往外飞，至于飞到哪儿去，那不是松鸡们要考虑的事儿，它们这会儿只想拼命地飞啊飞。

一旦进入这个阶段，再聪明的松鸡也会毫不犹豫地干出各种各样的蠢事来。白天，它们会待在各种古怪的地方，比如在大楼里、空旷的湿草地上。到了夜里，它们就会到处乱飞，有的撞在电线杆

33

上，有的被电线割成两半，有的则坠入灯塔里，还有的一头撞在呜呜跑的火车头的大灯上。等到了第二天早上，就会发现松鸡的尸体散布在沼泽里、建筑物上、电线杆下，还有的停在岸边的汽船上。总之，这种疯狂至死的松鸡比比皆是。

对松鸡家族来说，这种病也不是没有一丁点好处的，因为这至少可以锻炼它们自力更生的能力和避免因家族生活中的近亲繁殖而导致的种族灭绝。而且，如果它们能抱着坚毅的信念不屈不挠地抗争，也能够渡过难关。因为松鸡在出生的第一年会很容易染上这种病，并且病得很厉害，第二年也有可能复发，但如果能坚持到第三年，就会不药而愈。

书海拾贝

坚强不屈的精神在什么时候都应该具备，面对疾病更应该这样。

松鸡妈妈知道自己的孩子很快会面临这种疾病，因为野葡萄已经熟得发紫，红色的枫叶也开始飘落了。那种疾病是没有办法预防的，松鸡妈妈对此束手无策，只能一遍遍告诉自己："我要时刻注意孩子们的健康，不要让它们乱跑乱飞，最好叫它们藏在森林里最僻静的地方。"

但无论松鸡妈妈多么不想让这件事发生，这一

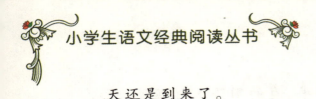
天还是到来了。

那天，空中飞来了一群野雁，它们呷呷地叫着向南飞去。这是疯病将至的第一个征兆。小家伙们从来没见过野雁，还以为是长脖子老鹰呢！本来有些害怕的松鸡们见妈妈对野雁没有一点惧怕的样子，胆子也大了起来，兴致勃勃地盯着那些大雁在天空中飞翔。也许是被野雁的叫声所感染，此刻年轻的松鸡们深藏在心底的欲望被唤醒了。"如果能和那些大鸟一样飞到很远很远的地方，该有多好！"它们被这种不可思议的渴望躁动得六神无主，目不转睛地注视着雁群的身影。雁群很快就飞走了，松鸡们想要瞧个究竟，就飞到更高的树枝上去，继续凝望大雁的身影。从这时候起，它们像完全变了一个样子。

十一月的月亮一天天越来越圆了，等到满月的那个夜晚，所有年轻的松鸡疯狂了，它们着了魔似的整夜整夜地乱飞。松鸡一家最弱小的那个孩子，病得最厉害！已经没剩下几个成员的松鸡家族，终于分崩离析了。

红脖子像被一种力量操纵着来回飞行，它情不

自禁地朝着南方飞去，可当它飞到无边无际的安大略湖畔时，却因为害怕又往回飞。

当圆圆的月亮变成月牙儿的时候，它又飞回到了曾经生活的唐谷山。

这时候的它已经渐渐恢复正常。

它开始四处寻找着熟悉、亲切的身影，但它到处寻找自己的妈妈和兄弟，仍然一个亲人都没找到。空旷的山谷里仿佛只剩下它孤零零的一个。

小学生语文经典阅读丛书

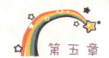

快来扫二维码听故事吧!

第五章

红脖子邂逅了爱情

寒冷的冬天逐渐到来了,食物也渐渐地稀少了。红脖子又孤单又寂寞,仍然徘徊在唐谷山和泰勒丘陵的森林间。进入十二月,天空开始飘雪花,野蔷薇的果实(花籽)也会成熟。十一月给红脖子松鸡带来了疯狂,也给它带来了野葡萄的果实;十二月给它带来了孤独和寒冷,也给他带来了蔷薇花籽;而一月将会给森林带来银装素裹的暴风雪和冰冻了的食物——白桦树的嫩芽。但要想站在树枝上采撷被冰雪冻住的嫩芽也不是那么容易的事。红脖子就因为觅食艰难,尖尖的嘴巴越磨越薄,即使闭上嘴巴,嘴尖还是露着一道缝。

不过,造物主还是仁慈的,仍赐予它克服险境的力量。原来,

红脖子的脚趾一过九月就会变得非常细小，接着会慢慢长出锐利而坚硬的钩刺，天气越冷，脚趾上的钩刺就会长得越快。所以在暴风雪来临的时候，红脖子就有了一双天然的防滑鞋，让它不至于在落脚的时候滑倒。

天气严寒，像老鹰这样的空中敌人都销声匿迹了，地面上的敌人也几乎看不见身影。森林里空空荡荡，显得十分寂静。

红脖子为了寻觅食物，一天比一天飞得更远。它飞到了岸边长满白桦树的罗斯得尔湖、被桦树掩盖住的堤防和长满葡萄、晚莓等各式各样的奇异果实的法兰克福山丘。那儿的林子里结满了闪闪发亮的红浆果，一串一串的在枝头摇曳。红脖子还发现，那里没有带着枪的猎人的踪迹，于是它决定暂且在这个新地方居住下来。

红脖子找到了新住处和新食物，而且一天比一天聪明，也变得更加神气、漂亮。虽然它举目无亲，时常感到孤独，但它并不觉得这是种苦日子。不管它走到哪儿，总会看到一些快乐的山雀叽叽喳喳地蹦来蹦去。对了，就是那些它曾经认为十分健壮的"庞然大物"。每当看到它们在快活地飞来飞去时，红脖子总是想起从前的日子，那是多么令人怀念的美好时光呀！

森林里最无忧无虑的小动物就属山雀了，秋天还没有过完，它们就展开歌喉开始唱它们那首有名的歌曲——《春天快要来啦》。

即使在狂风暴雪交加的冬季，它们依然怀着高兴的心情不断地唱着这首歌。当二月到来的时候，歌词里的一些景象已经显现出来。不久，缺粮少食的二月终于过去，到处洋溢着春天的气息，山雀放声歌唱春天来啦。

大地开始回暖，温暖的阳光融化了山坡上的积雪，露出了长满山坡的浆果。对刚刚经历了冬季的红脖子来说，这些果子可是无比美味可口的食物，它用不着再辛辛苦苦地采摘冰冻的嫩芽，很快它尖尖的嘴巴恢复了原来的样子。

森林复苏，蓝色知更鸟飞来了，它们一边飞还一边清脆地歌唱，大地一片生气盎然。三月的一天清晨，空中传来一阵嘹亮的"咯咯咯"声，原来这是乌鸦王老银斑儿带着它的队伍从南方飞回来了，它

书海拾贝

春天是万物复苏的季节，小动物们也在这个季节充满了激情。

不断发出嘹亮的声音,好让大家都听见。

这是鸟儿的季节,万物生长,充满希望。山雀始终兴奋地唱个不停:"啊,春天来了! 春天来了!"

红脖子也被春天的蓬勃生气所感染,显得异常兴奋。它精神饱满地飞到树枝上,频频振动翅膀,欢乐地迎接春天。"咚咚"的声音响彻山谷,回荡在大地上。

老猎人科迪就住在山谷附近,他听到了红脖

子振翅的声音，贪婪地想："一定是有大松鸡来了，哈哈，这下我可以捉住它了！"

这个坏蛋立刻带着枪跑到山谷来，但他可没有得逞。机灵的红脖子很快就发现了他的踪影，立刻悄无声息地飞走了。

红脖子飞到了从前喝水的小溪旁，站在一根木头上展开翅膀使劲拍动着。恰巧这时，有一个住在附近村子的小男孩想穿过森林抄近路走。当他穿过森林的时候，它听见一阵奇异的巨响，不禁大吃一惊，立刻跑回家告诉妈妈："妈妈，那些印第安人要打仗了！我听到了他们敲击战鼓的声音，咚咚咚咚的，可响啦！"

像这样的事情，红脖子可做了不少呢！谁能想到，这是一只鸟儿发出的声音呢？

最近，红脖子每天都飞到森林里，站在树枝上

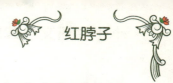

用力振动翅膀。然后挺起胸膛,在树枝上踱过来踱过去,欣赏自己漂亮的颈毛。它的颈毛在阳光下闪烁着宝石一样耀眼的光芒,这让它十分满意,不觉又鼓动起翅膀。

红脖子很希望别的鸟儿都来欣赏自己的颈毛,并赞美它! 哦,它为什么会突然冒出这种念头呢? 而且这种想法一天比一天强烈。

和红脖子一样,我们每个人都希望被别人欣赏赞美。

"咚咚咚! 咚咚咚! "每天,红脖子都飞到圆木头上不断地振动翅膀,发出剧烈的声响。它的头上已经长出了红冠,更增添了它的美丽,让它变得更加神气,而且那双穿了一冬天的"防滑鞋"也从它的脚趾上完全褪去了。它的眼睛泛着明亮的光彩,颈部的羽毛也越发美丽。当它在阳光下走来走去的时候,看上去真是美极了! 可是,这么一只美丽的鸟儿却又那么孤独。——除了每天振动翅膀发出不安的声音外,它再也想不出比这更好的排遣寂寞的方法了。

终于,在五月的一个风和日丽的日子里,红脖子邂逅了它的爱情。当时,它正在一块圆木头上表演它每天的固定节目。正当它扇动翅膀的时候,它那敏锐的耳朵突然听见树丛里响起一阵细微的脚步声。它转过头去，倏地僵直了身体——哦，天哪！一只漂亮的、羞红了脸的母松鸡正站在那儿一动不动地望着它。

一种名叫爱情的东西瞬间击中了红脖子，这是一种它不曾有过的情绪，让它浑身热血澎湃，欢欣雀跃起来。它开始围着那只母松鸡献殷勤，展示自己颈部漂亮的羽毛，炫耀自己雄壮的英姿，它站得直直的，绕着母松鸡走来走去，不时发出低沉温柔的叫声。很快，红脖子就俘获了母松鸡布朗尼的芳心。

其实，早在好几天前，这只名叫布朗尼的母松鸡就注意到了红脖子，但它老是躲起来偷偷观察，所以没有被红脖子发现。现在，它鼓足勇气故意发出微弱的声音，才让红脖子发现了自己的存在。看到心上人靠近自己，母松鸡表现出温柔可爱的神态，柔和地低垂着脑袋。红脖子终于告别了孤独寂寞的日子，宛如新生，开始了它甜蜜幸福的生活。它第一次觉得阳光是如此灿烂温暖，周围的空气又是如此清新芬芳。

书海拾贝

红脖子和母松鸡可以说是两情相悦。

　　红脖子每天都要到它最喜欢的圆木头上去，有时候和妻子一起，有时候自个儿飞过来。它神气十足地站在圆木头上，威风凛凛地鼓动着翅膀，歌颂欢乐的生命之歌。

　　咦，为什么有时候它的新婚妻子没有和它在一起呢？它的新娘子在和它度过了一段快乐的时光后，偶尔会偷偷摸摸地离开，失踪好一会儿，有几次甚至到第二天才回来。每当这时候，红脖子就站在圆木头上焦虑不安地等待着。妻子究竟到什

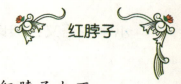
么地方去了呢？这是母松鸡的秘密，红脖子也不知道。

红脖子和妻子相聚的时间一天天减少，到后来甚至完全见不到踪影了。一天，两天，三天，红领子一直焦急地等待着，可是妻子一直没有回来。心慌意乱的红脖子时而猛烈地拍动着翅膀飞来飞去，时而站在枝头引颈眺望，时而掠过山丘、树林，寻找布朗尼的身影。

到了第四天，焦急地红脖子飞到和布朗尼最初相遇的森林，一边拍动着翅膀，一边大声呼唤着妻子的名字。过了一会儿，红脖子听到了森林里传出的一种细微的声响，和从前完全一样。啊，是它失踪的妻子回来了！

红脖子定睛一看，母松鸡后面还跟着十只小松鸡，它们发出"哔哔"的叫声，走路还有点跌跌撞撞。

红脖子激动坏了，它嗖地一下飞到妻子旁边，盯着小松鸡不停地看。软绵绵的小家伙们被爸爸吓了一跳。红脖子明白自己当爸爸了，心里也有一点慌张。小松鸡们虽然非常弱小，却并不亲近它们

书海拾贝

原来母松鸡躲起来是为了孵化小松鸡。

的爸爸,它们和爸爸还不熟悉哩!红脖子发现小家伙们对妈妈比对自己要亲近得多,还有点失望,但是它很快接受了这一点,进入了当一个好爸爸的角色。从此,它和妻子一起跟这些小家伙们待在一起,照顾它们。而它自己,可从来没有享受到过这种待遇。

红脖子

快来扫二维码听故事吧!

第六章

红脖子是个好爸爸

在松鸡的世界里,好爸爸可是很罕见的,做妈妈的母松鸡不需要丈夫的协助,它们会自己筑巢,在里面孵化小宝宝。母松鸡也往往不让丈夫知道自己筑巢的地方,只在必要时才会主动去找丈夫。布朗尼要找红脖子的时候,就会到丈夫常去的圆木头旁或它觅食的地方,有时候它们也会在一处沙地上团聚。

49

　　小松鸡破壳而出之后，母松鸡就抛开一切全心全意地照它们。虽然红脖子是这一群小家伙的爸爸，但这时母松鸡布朗尼已经把丈夫忘得一干二净了。等到三天后小松鸡长得结实了些，布朗尼才带着孩子们寻着红脖子的叫声找了过来。

　　很多松鸡爸爸根本不照料孩子，可是红脖子不同，它可是个负责任的爸爸，它认真地担负起养育小松鸡们的任务，帮着妻子筑巢，帮忙照顾孩子们的饮食起居。

　　小松鸡们很快学会了吃饭喝水了，它们和红脖子小时候一样，紧紧地跟在妈妈身后。它们学走路的时候，红脖子一直跟在后头，一面监督它们走路，一面保护它们的安全。

　　这天，红脖子一家像一串珍珠项链似的排成一长串，小松鸡们在中间，两只大松鸡分别打头阵和殿后，从山坡朝小溪走去。这时，一只躲在松树上的红松鼠发现了这只队伍，虎视眈眈地窥伺着地面的情形。浑身毛茸茸的小松鸡排成一行，从红松鼠的眼皮底下浩浩荡荡地走过去。

　　这时候，红脖子为了整理羽毛稍作停顿，落在

离孩子们几米远的后面。红松鼠不知道后面还有大松鸡,只想着要好好品尝一番小松鸡的滋味,于是它不假思索地出手了。

红松鼠偷袭的对象是排在最后面的那只小松鸡。松鸡妈妈听到动静飞快地转过身,但红松鼠来势汹汹,它来不及解救后面的那只小松鸡。就在这时松鸡爸爸红脖子及时赶到了,它朝着那只红松鼠猛扑过去,用它的拳头——翅膀上的坚硬关节朝松鼠挥去,这一下正中要害,红松鼠被揍得头昏眼花,它踉踉跄跄、连滚带爬地逃进树丛里。之前,它还想把小松鸡拖到那里去呢!而现在,红松鼠狼狈地躺在那儿,鲜血一滴滴地顺着它丑恶的鼻子流下来。红脖子一家则头也不回地离

红脖子爸爸的英勇被体现得淋漓尽致。

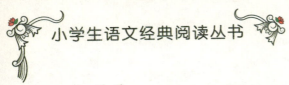

开了。

它们继续向水边进发，路上又出现了一个小插曲。那条路曾经被头牛踩过，沙土上留下了不少很深的脚印。一只小松鸡不小心栽进一个脚印坑里爬不出来了。它愁眉苦脸地叫个不停，蹲在里面等爸爸妈妈解救它。

聪明的松鸡妈妈用爪子在脚印周围乱刨，把泥土挖得松一点。没一会儿，坑边的沙土就塌下来，成了一道小斜坡，陷在脚印里的小松鸡就顺着小坡爬了上来。它躲到妈妈张开的尾巴下，和它的兄弟姐妹重聚在一起。

松鸡妈妈布朗尼是个非常称职的妈妈，它虽然身材娇小，却非常聪明伶俐。为了照顾、哺育孩子们，它

常常不眠不休，却从来没有埋怨过。它张开长长的尾巴让小松鸡们躲在里面，带它们穿过枝叶交叉的树林。它对孩子们十分温柔，看见敌人也从不退缩，为了孩子们它也做好了随时战斗的准备。

谁知，幸福的生活没持续多久，红脖子一家就大祸临头了。红脖子还没有教会小松鸡们飞翔，就和老对头科迪碰面了！

那时候才六月，老科迪又违反了六月禁止狩猎的律令，带着猎枪出来捕猎。猎犬闻到了松鸡的气味，朝着小松鸡这边跑过来。这对还不能自卫的小松鸡们来说，实在太危险了！红脖子立刻飞上前去引开猎犬。这个方法虽然老掉牙了，但是依然很有效。红脖子的计谋成功了，它让那猎犬傻头傻脑地追赶自己，离开了孩子们，一直到了唐谷山。

可老奸巨猾的科迪却没有跟着猎犬一起离开，他径直朝小松鸡们的方向走去。松鸡妈妈一边示意孩子们赶快躲起来，一边没有丝毫犹豫地向猎人飞去。这是母爱最彻底的表现，和人类的母爱没有半分差别。这和红脖子引诱猎犬的方法一样，无非是想转移科迪的注意，好使他远离小松鸡，保全它

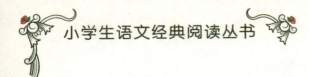

们的性命。布朗尼飞到科迪面前，使劲地挥动翅膀，然后飞了起来，一会儿又故意滚落在树叶上，佯装跛脚的样子，一颠一颠地跳着。这一招是不是很眼熟？对了，这就是红脖子的妈妈对付狐狸的那一招。但很遗憾，狡猾的猎人并没有像狐狸那样上当，他识破了松鸡妈妈的计谋，抡起一根木棒，狠狠地打下去。幸好松鸡妈妈利索地躲开了。它一瘸一拐地拖着跛脚，缩进树丛后，发出惨叫声，假装受了重伤，企图诱开科迪。但科迪上去又是一棒。这次仍然没有打中它。它继续勇敢地设法使猎人远离那些不能自卫的小家伙。这次它摔倒在科迪的面前，在地上滚来滚去，还哀叫个不停。残忍的科迪因为连续两次都扑了个空，就丢掉了木棒，举起枪来放了一枪。这一枪的火力足足可以打死一只大熊，而那可怜的、勇敢的、怀着深沉母爱的布朗尼，为了救自己的孩子被打得血肉模糊，悲壮地死去了。

科迪打死了松鸡妈妈后仍不死心，他知道小松鸡一定躲在附近，他四处搜寻，可一只都没找到。因为小松鸡们一直都没有动，也没有发出任何声

书海拾贝

母爱是纯粹伟大的，为了救孩子，母松鸡宁愿牺牲自己。

响。但是，就在他找来找去四处搜索的时候，好几次踩着小松鸡躲藏的地方时，他竟毫无知觉地将几只屏住呼吸、安静躲着的小松鸡踩死了。

当红脖子引开猎犬返回到这里的时候，猎人已经走了，还带走了布朗尼的尸体回去喂狗。红脖子到处寻找，也没发现妻子的踪影。它只找到了地上的一摊血迹，以及一些散落在附近的羽毛。它认出了那羽毛正是是布朗尼的，于是它明白刚才的枪声是怎么回事了。

此时此刻，又有谁能描述出红脖子内心的悲伤和恐惧

呢？它一瞬间变得颓然，一声不响地呆立了半天才想起它的孩子们。它赶紧回到孩子们躲藏的地方，用布朗尼和它的妈妈曾经呼唤它的方式呼唤它们。在这种奇妙的叫声里，是不是每个小洞里都有小家伙跑出来呢？不，并没有奇迹发生。只有六只小绒球儿颤巍巍地睁开眼睛，向红脖子爸爸身边跑去。

红脖子不停地呼唤，可是再也没有小绒球儿出现。因为另外四只小松鸡，已经被猎人踩死了，它们的藏身之处，变成了它们的葬身之地。红脖子悲哀地呼唤着，但始终得不到回应。到了这时，它已经知道发生了什么变故，它悲哀地望着前方，良久，才带着劫后余生的孩子们离开了这个可怕的地方，往上游走去。

小溪的上游有芒刺的篱笆和浓密的荆棘丛，虽然住在那里并不舒服，但要安全得多。

日子过得很快，小家伙们在这儿成长，从红脖子爸爸那里学会了很多东西，就像当时红脖子从松鸡妈妈那儿学到东西一样。而红脖子有着更加丰富的知识和经验。它对附近有食物的地方都了如指掌；也懂得如何去对付危及松鸡生命的各种疾

书海拾贝

红脖子是个认真负责的爸爸，在母松鸡死后，它独自挑起照顾小松鸡的重担。

病和敌人。红脖子精心哺育着剩余的六只小松鸡，带它们平安度过了整个夏天，一只都没有闪失。

小松鸡们的身体一天天壮实起来。当九月来临的时候，它们都长大了。而红脖子威风不减当年，羽翼更加美丽。

自从布朗尼遇害之后，意志消沉的红脖子整个夏季都没有振动翅膀。但是振动翅膀已经成为松鸡生命的一部分，和黄莺歌唱一样，是它们原始的冲动。那不仅是寻找伴侣的表达方式，同时也是生命活力的象征。

九月过后，红脖子的羽毛焕然一新，更加耀眼。它又变得精神百倍，对未来充满希望，也逐渐恢复了往日的活力。当某一天它又来到往日常来的圆木头旁时，仿佛记起了力量的感觉，不由自主地跳上木头，激动地反复挥动起翅膀。

从此以后，它又经常振动翅膀了。而它的孩子们总是站在旁边欣赏它神采焕发的雄姿。有的小松鸡还模仿爸爸的动作，努力地拍动翅膀。

不久，随着野葡萄的成熟，疯狂的十一月又来到了。虽然红脖子的孩子们都十分健壮，但不可避

书海拾贝

悲剧再次上演,这种疯狂的疾病是松鸡家族无法克服的。

免的悲剧还是发生了。它们之中有的虽然也变得疯狂,但不到一个星期就逐渐恢复了健康,但仍有三只年轻的松鸡,飞走后就再也没回来。

红脖子和剩下的三个孩子住在山谷里。不久,冬季就伴随着雪花到来了。起初,雪下得很小,天气也不算很冷,它们一家就躲在一棵枝叶低矮的衫树下过夜。可不久暴风雪就来了,雪堆越积越高,天气也越来越冷。于是红脖子就带着三个孩子躲进了桦树底下积着厚雪的树叶堆里。凛冽的寒风把飘落的雪花吹进洞来,给它们盖上了雪白的被子,它们就这样裹在里头,安安稳稳地睡着了。

到了早晨,松鸡们醒过来,发现自己面前出现了一道冰墙,原来这是夜里它们呼出来的水汽冻结成的。红脖子招呼孩子们一起把冰墙推开,飞了出来。在雪堆里过夜,孩子们还是头一回哩,

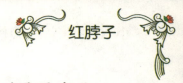

它们显得有些兴奋，而对红脖子来说则是司空见惯了。

第二天晚上，红脖子一家又快活地钻进雪堆沉沉睡去，寒冷的北风又像上次那样，用雪花把它们裹了起来。可是半夜天气又变了。风向转东，还下了一阵雨夹雪，整个大地都被冰雪笼罩。

当红脖子一家再次醒来时，发现他们的头顶被一层厚得可怕的大冰块封住了。红脖子拼命撞击冰块，它耗尽了体力，把自己撞得头破血流，可却一点用也没有。它这一生中经历过许多挫折和困苦，也常常遇到意外的严重困难，但这一次突如其来的灾难，让它感到空前的绝望。它能听到孩子们微弱的叫声，它们在叫爸爸帮它们脱困。红脖子想尽办法要找出一条生路，可是自由的希望，还是一点也没有。

红脖子一家成了冰雪的俘虏，它们尝试用各种方法脱困，都毫无效果。漫长的时间一点点过去，夜晚到来了。红脖子一家耗光了力气，开始感到饥饿。它们身心都疲惫不堪，再也没有力气挣扎下去，静静地躺在那里。起初，它们还担心会有狐狸经过对它们不利，但现在，它们又巴不得狐狸来偷袭——如果狐狸能敲开这块冻得梆硬的冰壳，那么它们至少还能有一个争取生存的搏斗机会，而不是被这见鬼的冰块困在这里！而当狐狸真的走过冰冻的雪堆时，松鸡们深埋在内心的对生命的热爱又恢复了。它们屏住呼吸、一动不动地蜷缩着，直到狐狸走过去。

暴风雪下个不停，北风怒吼着卷着大量的雪花，掠过银白色的大地，犹如一大群白马飞驰一般吹袭下来，越来越多的雪花打在地面上。也许是因为雪花不断地在雪堆上摩擦，好像把冰壳渐渐磨薄了，现在隐隐约约有光线射进洞里。冰壳下面本来就一点不暗，这会儿越发明亮起来。红脖子不眠不休地啄着冰壳下方，企图把冰块啄穿。可它的脖子也僵硬了，嘴巴也啄钝了，到太阳落山的时候，还是跟先前一样没有变化。

这一夜照样过去了，只是没有狐狸在头顶上走过。到了早晨，红脖子已经没有什么力气了，也听不见孩子们的叫声了，但它仍然不肯放弃一丝希望，继续啄冰壳，累得几乎瘫软下来。到天色更亮

的时候，它发现费了那么久的功夫，终于在坚硬的冰壳上啄出了一个比较明亮的白点子。那地方一定比其他地方薄了！红脖子像是看到了生存的希望，又振奋精神继续啄下去，虽然它虚弱得要命，却一刻也不肯停歇。

外面的暴风雪不断地打这儿掠过，在红脖子的不断努力下，加上风雪的吹刮，冰壳终于越来越薄了。下午，红脖子终于把冰壳啄穿了。新鲜的空气从啄穿的缝隙里吹进来，红脖子贪婪地吸了几口气，又打起精神毫不松懈地继续啄。到太阳快落山的时候，它真的啄开了一个洞，可以把脑袋伸到外面去。红脖子又兴奋地像充满了力量，它探出头去继续啄洞旁的冰，这样做要更快些。在它的努力下，冰壳终于破碎了。红脖子立刻从那座冰牢里飞出来，重新获得了自由。

书海拾贝

红脖子有着强烈的求生欲，它还是像从前一样坚强不屈，终于靠自己的努力走出了冰牢。

红脖子更关心它的孩子们怎么样了，便匆匆飞到附近采了些野蔷薇的花籽，填一填它那饿得发慌的肚子，让自己多少增添点力气，然后又回到冰牢那儿，一面用爪子扒蹂洞旁的冰块，一面咯咯咯地呼唤孩子们。只有一只松鸡用十分微弱的声音回

应了它的呼唤。红脖子用尖利的爪子将冰洞扒开，让那只有回应的灰尾巴松鸡爬出来。那只小松鸡已经非常衰弱，慢慢地爬出洞来。而不管红脖子怎么拼命叫唤，另外两只松鸡都没有回应。无奈之下，红脖子只好带着灰尾巴松鸡离开了。

等到春天冰雪融化的时候，小松鸡的尸体才露出来，不过只剩下皮、骨头和羽毛了。

小学生语文经典阅读丛书

快来扫二维码听故事吧！

第七章

最后一只松鸡

后来，过了很长一段时间，红脖子和灰尾巴松鸡经过充分的休息和食物补给才终于恢复了健康。如果故事到这里就结束了，那么这也算是个不错的结局。但可惜故事并不是这样。

冬至那天，天气异常晴朗，阳光明媚。精力充沛的红脖子又像以往一样，重新站在了圆木头上开

64

始了它的"击鼓"表演。

也不知道是振动翅膀的声音被听到了，还是它们在雪地上留下了暴露行踪的脚印，总之，老科迪又找到红脖子活动的地方来了。他领着猎犬，带着猎枪，在附近满山遍野地搜寻，想捉住这两只松鸡。

红脖子很久以前就认识这个坏家伙了。在这片山谷里，这只颈上长着红色羽毛的大松鸡可是赫赫有名的。有很多猎人都想抓住这只漂亮、雄壮的鸟儿来让自己出名。这种做法，就像是一个微不足道的浑蛋，想烧毁以弗所的奇迹来让自己出名一样。老科迪就是其中一个，这只红脖子，无时无刻不燃起他贪婪的欲望。

开放狩猎的那个月，有数不清的猎人跃跃欲试，想捕捉这只漂亮的松鸡。可是红脖子的森林生活经验十分丰富，它知道该在哪儿躲起来，知道该在什么时候不声不响地偷偷飞掉。它还懂得如何戏弄敌人，它会安静地蹲下来瞒过敌人的耳目，等人走过才啪啪地飞起来溜掉。

而热衷于抓捕红脖子的老科迪也不会放弃追

书海拾贝

可怜的红脖子成了猎人竞相追捕的猎物。

书海拾贝

如今的红脖子变得越来越老练，知道和老科迪斗智斗勇了。

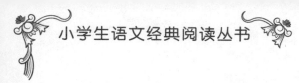

捕，他片刻也不休息，经常携带枪弹寻找它的踪迹。有几次，他从远处瞄准红脖子，想要射杀它。幸好他的视线总是被一棵树或是什么别的掩护物挡住，使红脖子得以安然无恙地活下来。而红脖子仍然和以前一样，并未停止它扇动翅膀的活动。

十二月来临的时候，红脖子和灰尾巴便把家迁到了法兰克福城的森林里去了。那里有丰富且美味的食物，还有很多古老的树木。特别是在东面山坡上，有一棵漂亮的大松树，红脖子尤其喜欢它。这棵松树有六英尺高，即使最低的枝丫也跟别的树的树顶一样高。每到夏天，总有一只蓝色鸟儿带着它的新娘，到这棵松树上来唱歌。那歌声动人轻柔，美妙极了。而红脖子之所以对这棵大松树有着特别的兴趣，还不仅是因为这些。在积雪下面的松树根部，藏着甜美的黑橡子，再没有比这更好的寻找吃食的地方了。更重要的是，这大树旁蔓延着低矮的毒胡萝卜，中间还夹杂着一些蔓草和冬青树，如果那个贪得无厌的猎人又来骚扰它们，它们可以很容易地在低矮的毒胡萝卜的掩护下跑到大松树前，然后飞到树干背后，让粗大的树干挡

住要人性命的枪子儿，这样它们就能安安全全地溜掉。在这个冬天，那棵松树解救红脖子的次数，几乎达十次之多。

可是科迪既然发现了红脖子的踪迹，就不会轻易死心。他想出了一条新计策：他自己埋伏在堤防下面，叫其他的猎人包围树丛，把红脖子赶到他埋伏的地方。这样，要捉住它就有如探囊取物了。

果然，当猎人穿过树丛时，正在附近觅食的红脖子和灰尾巴松鸡并没有发现危险就要降临到它们身上。

猎人离红脖子越来越近，在这千钧一发之际，红脖子发出低沉的警告声，让

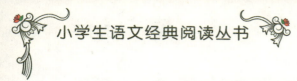

灰尾巴赶紧躲起来，然后迅速飞进了巨大的松树里。堤防下面突然传来细微的声响。根据经验，红脖子知道一定有人埋伏在那里，等着偷袭它们。它焦急地向灰尾巴发出指示："走这边！快藏起来别动！"

但就在这时，灰尾巴发出了一声惊叫声。

原来躲在那里的猎犬看见红脖子飞走了，就转而扑向远处的灰尾巴。仓皇失措的灰尾巴沉不住气，嗖的一下飞起来，想躲到松树后面去。它以为这样就能躲开空地上的猎人，但没想到这个举动使它自己完全暴露在埋伏在堤防下的猎人的面前。

红脖子

砰的一声枪响划破了寂静的天空。灰尾巴飞翔起来的姿势是多么的优美！但现在，它像一颗流星从天空中陨落，浑身鲜血地躺在雪地上。

此时的红脖子来不及悲伤，因为它的处境同样十分危险。它不能飞起来，于是冷静地一声不响地蹲了下去。猎犬渐渐向红脖子这边逼近，在距离三米远的地方停了一会儿，又前进了一米半。红脖子冷静地观察情形，一动也不动，直到它抓住一个机会飞快地绕过粗大的树干，躲开了那两个猎人的视线，才安全地飞向泰勒丘陵。

可怕的枪弹，接二连三地杀死了红脖子的亲人，连它唯一存活下来的灰尾巴也没有放过。现在，红脖子又是彻彻底底的孤零零一个人了。

漫长的冬季即将过去，红脖子饱尝了悲欢离合的痛苦滋味，精神一天比一天衰弱下来。当然，它又遇到过很多次危险，但它屡次识破猎人的计谋，都化险为夷了。猎人们知道它是剩下来的唯一一只松鸡，更加疯狂地追捕它。尽管他们忙得团团转，却始终捉不到红脖子，猎人们也快失去了耐心。

书海拾贝

没有生活经验的灰尾巴被猎人击毙了，红脖子成了存活下来的最后一只松鸡。

后来，科迪发现，光用枪去追捕红脖子，几乎是徒劳无功的。所以当雪积得非常厚、吃食也非常难找的时候，他又想出了一条毒计。他在红脖子经常觅食的地方布下了数不清的陷阱。虽然红脖子的老朋友——那只白尾巴灰兔子，用尖利的牙齿咬断了好几只绊子，可还是没能帮红脖子逃过这一劫。

有一次，红脖子因为抬头注意远处的一个黑点，以为那是只老鹰，没注意脚下便不小心踩进了陷阱，那陷阱卡住了红脖子的一只脚，将它高高吊起。

难道动物就没有生存的权利吗？在大自然里，它们和人类只是语言不同。同为万物生灵，人类又有什么权利让它们

遭受可怕的折磨，还为自己残酷的手段而大声喝彩呢？

可怜的红脖子被痛苦地倒吊在半空中，它拼命扑腾着翅膀想要挣脱束缚，可是任凭它怎样努力都无济于事。白天过去，夜晚降临，红脖子还是吊在那儿，痛苦万分地挣扎，一点一点地向死亡接近。红脖子想到自己这多舛的命运，觉得十分可笑："真是倒霉，长得这么壮实干吗呢？总是引来杀身之祸。"它现在唯一的愿望就是能够早点死掉！无论怎样死去，总比挨着这种无穷无尽的痛苦要好受。可第二天过去了，还是谁也没有来。

终于，夜晚再一次降临。在无边无际的黑暗里，一只硕大的猫头鹰经过那里，听见红脖子微弱振翅的声音，便飞了下来，并很快让它结束了痛苦。这对红脖子来说的确是种解脱。

坚强勇敢的红脖子就这样结束了自己的生命，可悲可叹。

北风在山谷里肆虐，暴风雪如万马奔腾般掠过唐谷山，掠过泰勒丘陵，掠过湖泊和沼地。在这些被风卷集着的白色雪花中，夹杂着一些黑乎乎的东西，那是红脖子的羽毛——著名的如彩虹般耀眼的颈毛。那天晚上，它们被凛冽的寒风吹向遥远的南

　　松鸡妈妈有十二个小宝贝，它们个个长得俊俏美丽，其中有一只松鸡最为坚强，它乖巧、机智、勇敢，还很英俊，它就是红脖子松鸡。红脖子是本领学得最快的松鸡，它还很听妈妈的话，所以掌握了丰富的生活和生存经验。

　　红脖子成年后认识了美丽的松鸡布朗妮，并成功地获得了布朗妮的芳心。布朗妮为红脖子产下了许多可爱的幼崽，红脖子像自己的妈妈哺育它时一样，悉心地哺育着自己的后代。它们一家本来可以过着幸福美满的生活，但在它们生活的森林里，有太多的敌人虎视眈眈地盯着它们。即使一家人时刻保持着高度的警惕，也无法避免灾难的降临。它们最大的敌人就是猎人老科迪，老科迪用枪杀死了红脖子的妻子，还活生生踩死了四只松鸡宝宝。最后，红脖子身边只剩下一个孩子了，老科迪又杀死了它这个孩子，无依无靠的红脖子也中了猎人设的圈套，最终离开了人世。

　　红脖子对家人的爱与奉献让我们感动，它是一只勇敢机智、永不服输的松鸡，也是一个尽职尽责、乐于

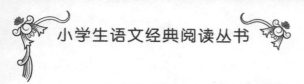

奉献的父亲，它的这些精神在故事中都能体现出来，也很值得我们去学习。

同时，故事中老科迪不守打猎规则，肆意虐杀动物的行为是可耻。松鸡虽然是动物，但也像人类一样有自己的感情，也像人类一样爱自己的孩子，我们不应该破坏它们的家庭。动物是人类的朋友，我们要和动物和谐相处，伤害动物的悲剧决不能再重演！人类并不是万物的统治者，而是万物中的一员！

思考练习

1. 本书的主人公叫_____，它是一只_____。

2. 红脖子最大的优点是_____，而这也是松鸡的生存法则之一。

3. 小松鸡们在沙土里玩耍时因为吃下了_____而染上了疾病。

4. 小松鸡换毛的时间是_____月。

5. 松鸡们都要学会发出_____的声音，这样就能在有危险的时候向同伴发出警告。

6. 松鸡家族流传的古老谚语是_____。

7. 红脖子的妻子叫_____，它共产下了_____只小松鸡。

8. 猎人_____是红脖子一家最大的敌人，红脖子最后就被他设的陷阱吊了起来。

答 案

1.红脖子、松鸡

2.听妈妈的话

3.寄生虫

4.8

5.振翅

6."每个月有每个月的敌人和食物"

7.布朗尼、10

8.老科迪